彩色插图版

最睿智的哲理故事

ZUI RUIZHI DE ZHELI GUSHI

墨 人◎编

U0739694

吉林出版集团股份有限公司

图书在版编目(CIP)数据

最睿智的哲理故事／墨人编.—长春：吉林出版
集团股份有限公司，2010.12
（读好书系列）
ISBN 978-7-5463-3745-6

Ⅰ.①最… Ⅱ.①墨… Ⅲ.①儿童文学—故事—作品
集—世界 Ⅳ.①I18

中国版本图书馆 CIP 数据核字（2010）第 212155 号

最睿智的哲理故事
ZUI RUIZHI DE ZHELI GUSHI

编　　者	墨　人	
出 版 人	吴　强	
责任编辑	尤　蕾	
助理编辑	杨　帆	
开　　本	710mm×1000mm　1/16	
字　　数	100 千字	
印　　张	10	
版　　次	2010 年 12 月第 1 版	
印　　次	2022 年 9 月第 3 次印刷	

出　　版	吉林出版集团股份有限公司
发　　行	吉林音像出版社有限责任公司
地　　址	长春市南关区福祉大路 5788 号
电　　话	0431－81629667
印　　刷	河北炳烁印刷有限公司

ISBN 978-7-5463-3745-6　　　　　定价：34.50 元

前 言

　　孩子的心灵是无比单纯而充满好奇的。任何好与坏、美与丑、真与假的事物都会在他们幼小的心灵上留下极其深刻的印象，有时甚至会影响其一生。所以，早期教育对于孩子来讲是至关重要的。

　　我们要清楚的是，孩子的思想不会像成年人一样完善和复杂，他们所能理解的只是我们人类社会中最浅显的一部分。因此，对他们的教育不妨多以童话的形式，加以幻化、夸张、拟人等描述来激发孩子聆听与阅读的兴趣，从而使他们轻松地接受良好的教育。

　　大浪淘沙，您手中这本《最睿智的哲理故事》正是我们淘出的一粒珍贵的金子。这本书的独到之处在于，我们将部分经典的老故事经过精心编撰与细心整理，使其更引人入胜。书中故事大部分采用了近似寓言的表现手法，使得深奥的道理从简单有趣的故事中体现出来。这样，既达到了教育目的，又向孩子灌输了善、恶、美、丑的观念。本书道理浅显，寓意深刻！

　　激发孩子智慧的瞬间往往是不经意的，愿本书能为您更多地创造这种瞬间！

编 者

MULU

目　录

诚实 的 孩子

有一个年老的国王，他无儿无女，虽然贵为一国之君，但他每天都愁眉苦脸，因为他知道自己的身体已不如从前了，他想：如果有一天我死了，谁来继承我的王位呢？

国王把自己的心事告诉给了他身边一个最忠诚的大臣，让这个大臣帮他出主意。这个大臣说："您可以从全国的孩子里挑选一个最诚实的孩子来继承您的王位呀！"

国王的眼睛突然一亮，他觉得这个办法不错。

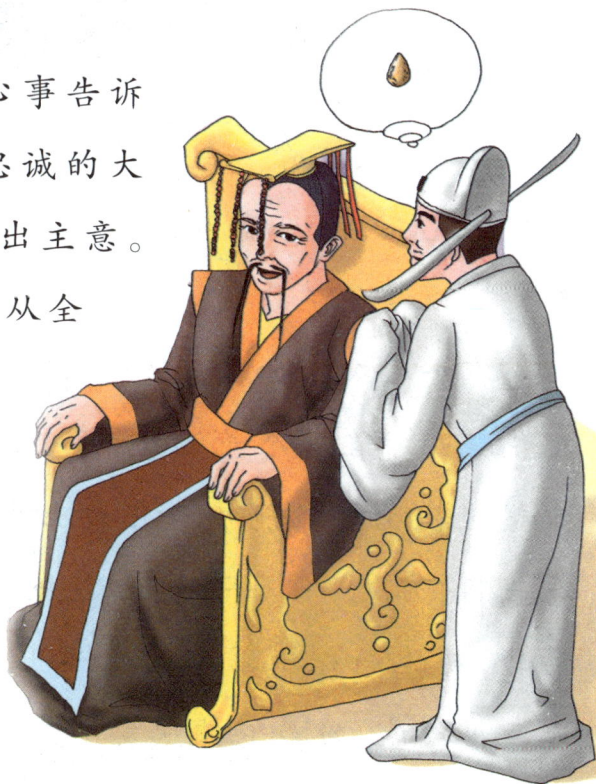

1

这天，国王命人给全国所有11岁的男孩儿各发一粒花籽儿，如果谁能用这粒花籽儿种出最美丽的花朵，谁就可以继承王位。

有个叫宋金的孩子也领了一粒花籽儿。回家后，他把花籽儿种在一个花盆里，每天精心地照料着，他多么希望这粒花籽儿能快点儿破土发芽，然后开出美丽的花朵啊！可是，日子一天天过去了，花盆里没有一点儿动静，就连一棵小草都没有长出来。宋金急坏了，天天守在花盆边，盼着它快快发芽。

转眼两个月过去了，国王规定的种花选王子的日子到了，可是宋金的花盆仍然是空空的，什么都没有长出来。

这天，全国各地同龄的孩子都捧着开满鲜花的花盆来到皇宫，姹紫嫣红的花朵让人眼花缭乱，分不出到底哪盆花才是最漂亮的。

　　国王眉头紧蹙地看着眼前这些手捧鲜花的孩子。突然，他发现在人群后面有一个小男孩儿手里捧着空花盆，并且他的头垂得低低的，好像很不好意思的样子。

　　国王走到他面前，面带笑容地问道："孩子，你叫什么名字？你怎么捧着空花盆？难道你没有种出花吗？"

　　孩子把头垂得更低了，他小声地说："我叫宋金，我把您送给我的花籽儿细心地种进花盆里，给它浇水、施肥，可是花籽儿就是不发芽，没有办法，我只好捧着空花盆来了。"

国王听完哈哈大笑道："孩子，请你把头抬起来，让我仔细看看我们未来的王子。"

宋金简直不敢相信自己的耳朵，他抬起头惊诧地说："什么？您刚才

说什么？难道这是真的吗？"

国王点了点头，说："我是说你就是将来要继承我王位的王子，因为你是这些孩子中最诚实的一个，我把国家交给你是最放心的。"

原来，国王发给孩子们的都是煮熟了的花籽儿，它们根本就不会发芽，更别提开出漂亮的花朵了。

其他的孩子也同宋金一样，种不出花来，可是他们为了能够当上王子，都偷偷地换了花籽儿，而诚实的宋金没有那样做，因此他得到了国

王的赞赏，被选为王子。

小哲理

　　小朋友，诚实是衡量一个人品德的重要准则。只有诚实守信，才能赢得别人的信任和赞许。

小猫称王

今天是森林之王老虎的生日，森林里许多小动物都来为他祝寿，那热闹的场面简直无法形容。

宴会正式开始了，小动物们纷纷举起酒杯向老虎敬酒，并送上了祝词。小动物们的恭维话让老虎得意忘形，他觉得自己是世界上最伟大、最有魄力的王者了。

老虎酒过三巡，渐渐来了兴致。他站起身对大家

说道："我很感谢你们来参加我的生日宴会，作为森林之王，我当属森林里最强大的动物，如果哪位来宾不服，可以和我当场比试，若能赢我，我甘愿向他俯首称臣。"

小动物们你看看我，我看看你，谁也不敢吭声。

突然，一只身带花纹的小猫走上前去，拱手说道："大王，我愿意和您比试，不过我要让您当着大家的面，再重复一遍您刚才说过的话！"

老虎见眼前的这只小猫身材娇小，体态轻盈，料他也没有多大本事，就哈哈大笑道："身为森林之王，我说过的话一定算数！只是你可要想清楚，如果在比试中我不小心伤了你，那可就不能怪我了。不过，你现在反悔还来得及。"

小花猫点了点头，说："我都已经想好了，今天我

想和大王比的是爬树，谁最先爬上树顶，就算谁赢。"

老虎愣了一下，因为他知道自己根本就不会爬树，可是他的话已经说出去了，如果不比，不就证明自己畏惧了吗？老虎无奈，只好硬着头皮答应了小猫。

随着猴子裁判的一声令下，小猫和老虎都迅速地向树上爬去。小猫不费吹灰之力就轻易地爬上了树顶，可是老虎却摔得鼻青脸肿，狼狈不堪。

老虎不得不在众人面前承认自己失败，并且让小猫继承了自己的王位。

小哲理

小朋友要切记：不加考虑，不计后果地跟别人夸海口，最终吃亏的是自己。

不向命运低头的孩子

有一个孩子,他既聪明又勤奋,而且在音乐方面有着独特的天赋。因此,他最大的理想就是成为一名优秀的音乐家。

正当他对音乐如痴如醉的时候,一次意外损伤了他的耳朵,致使他终生失聪。绝望的他痛不欲生,这突如其来的灾难意味着他将永远告别音乐生涯,他开始埋怨命运的不公。

正巧,一位老人路过这里,他听到了这个孩子的悲叹,走上前去用手比画着说:"你的耳朵虽然听不见了,但眼睛还是明亮的,为什么不去尝试学绘画呢?"

孩子听了老人的话,突然眼前一亮。他擦干眼

泪，开始了新的人生追求。

这个孩子把全部的心思都放在了绘画上。渐渐地，他感到耳聋反而更好，因为他可以避免一切喧嚣的干扰，使精力高度集中。经过不懈努力，他终于成了名扬四海的大画家。

一天，这位大画家遇到了当年的那位老人，他激动地握着他的手连连道谢。老人笑着说："孩子，不用谢我，这一切都是你自己努力的结果。"

小哲理

当命运堵塞了一条道路的时候，它常常会打开另一条道路，只要你有信心和毅力，另外的一条道路同样可以让你畅通无阻。 小朋友，文中的这个孩子一定给了你很大的启示吧？

猫 和 鹦 鹉

一个人从集市上买回一只鹦鹉，并非常细心地照料和饲养它。这只受宠的鹦鹉每天高兴地叫个不停。

主人的猫看见了鹦鹉，非常好奇地问："你是哪儿来的？叫什么名字？"

鹦鹉答道："我叫鹦鹉，是主人从集市上买来的。"

猫向四周瞄了一眼，悄声地说："你的胆子也太大了，怎么刚来就这么叽叽喳喳地叫个不停？告诉你吧，主人最讨厌动物叫了，上次我'喵喵'地叫了几声，结果他就大发脾气，差点儿打断我的后腿！"

"是吗？看来主人的确讨厌你的叫声。不过，他好像很喜欢我悦耳的叫声。每次我对他叫，他都

会高兴地奖励我好吃的东西！"鹦鹉说。

猫不服气地说："你别太得意了，早晚有一天……"

还没等猫把话说完，主人便走了过来，他猛地踢了猫一脚说："讨厌的家伙，不要在这儿大吵大叫，赶快给我出去！"

小哲理

做人应该清楚自己的短处，始终摆正自己的位置。

猫 和 老 鼠

一只猫捉住了正在偷吃食物的老鼠。老鼠装作可怜的样子哀求道："善良的猫大哥，求你行行好，放了我吧，我会感激你一辈子的！"

猫瞪了老鼠一眼，说："如果你能回答我提出的三个问题，或许我会放了你。"

猫问老鼠："你为什么总是想尽办法偷吃主人的食物？"

老鼠答道："我冤枉啊！我从来没有想过要去偷吃，只怪那食物散发出来的香味引诱我。如果它不散发香味，我就不会发现食物在哪里，当然也就不会去偷吃了！"

猫生气地问："那你为什么总是咬坏主人的家具和衣物呢？它们可是没有散发香味来引诱你呀！"

老鼠答道："唉，说来话长啊！我们鼠类的牙齿和你们的不一样，我们的门牙长得特别快，如果不经常啃一些较硬的东西磨短它，还说不定它会长多长呢！说到底，还是家具不够坚硬，如果它们像钢铁一样，我才不会咬坏它们呢！"

猫更加气愤地问："那你为什么传播鼠疫？你知道它给人类带来了多大的灾难吗？"

老鼠答道："你这么说就更不对了，我们也不是有意的啊！谁让人类的身体抵抗能力那么差呢！

如果他们的免疫能力都像我们这么好,就不会被鼠疫传染了嘛!"

老鼠顿了顿又说:"噢,对了,我已经回答了你提出的三个问题,现在你可以放掉我了吧!"

"别再做梦了,现在我就要把你吃掉。"猫笑嘻嘻地说。

"你为什么说话不算数呢?"老鼠慌张地问道。

"那也不能怪我呀,如果你跑得比我快,那我就抓不到你,自然也就吃不到你了,这还不是你自身的原因吗?"猫说完便吃掉了老鼠。

小哲理

小朋友,在日常生活中,我们常常见到有些人做了错事,却总从别人身上找原因,从而为自己开脱责任,这种人是不负责任的,最终会受到惩罚。

套圈的哲学

繁华的集市上，一个老人摆着一个套圈儿的小摊，吸引了许多路人驻足观看。游戏规则很简单：你从老人手里买一些碗口大小的铁环儿，站在规定的距离以外，如果扔出的铁环儿套到地上摆放的某样物品，那么这样物品就归你。

一个身穿运动衣的小男孩儿看了一会儿，便从老人的手里买了十个铁环儿。他站到规定的距离，向着摆放距离最远，但却是他早已看中的漂亮木雕，一口气儿扔出了五个铁环儿，由于木雕实在是太远了，加上他经验不足，所以这五个环儿不是被扔到地上，就是碰到木雕的身上被反弹了出

去。小男孩儿看套不到木雕，便又把目标转向木雕旁边体型小一些的一架座钟，一连又是四个铁环儿扔出去，小男孩儿仍一无所获。就在小男孩儿要扔出最后一个铁环儿时，摆摊的老人拦住了他。老人慈祥地说道："孩子，那最后面的东西虽好，但也是最难得到的，有多少人在它们身上浪费了几十个铁环，几乎都是空手而归。你为什么不尝试着去套面前的这些可爱的小东西呢？"小男孩儿点了点头，用最后一个铁环儿对准前排一个造型别致的陶瓷小兔，一掷即中，小男孩儿高兴地拿着他的战利品回家了。

小哲理

小朋友，做事不要好高骛远，认清自己的能力，从简单的事情做起，踏实地走好每一步，这样与目标的距离自然会一天天地缩短。

虚荣的贵夫人

有一位贵夫人，虽然身材肥胖，却非常喜欢打扮。她最大的爱好就是逛商店、买衣服。

　　一天，她在一家精品服装店看见了一条非常漂亮
的裙子，论款式、颜色、质地这条裙子都称得上一流，
这位贵夫人不禁说道："天呐，我从来没有见过如此漂
亮的裙子呢！"她看了看裙子，又看了看自己的身材，
非常遗憾地说："唉，多么漂亮的裙子啊，只可惜太小

了，我穿不上！"然后她恋恋不舍地向外走去。

售货员急忙迎上前去说："漂亮的太太，您一定喜欢刚才那条裙子吧！您真有眼光啊！那可是我们店里最好的一条裙子，没有品味的人连看都不敢看它一眼。"

"它的确很漂亮，可是它好像并不适合我穿啊！"贵夫人摇摇头，非常遗憾地说。

"太太，您错了，那条裙子是专门为您这种既富有又漂亮的女士设计的，相信您穿上它一定会更加妩媚动人。如果您不介意的话，可以先穿上它试试看，相信我，我的直觉不会有错的。"售货员鼓励道。

"那好吧，我先试试看。"

贵夫人费了好大的劲儿才穿上那条裙子，因为她实在是太胖了。她站在镜子前转来转去，仔细地欣赏着身上的裙子。

"啊！简直美得无与伦比，这条裙子就好像是给您量身定做的一样。"售货员惊叹道。

贵夫人本来觉得它紧紧地裹在身上有些不舒服，而且看起来也显得有些臃肿，可是听了售货员的恭维和赞扬,她原来的那种感觉和想法都抛到了九霄云外。

"我穿上它真的非常漂亮吗?"贵夫人问道、

售货员马上答道:"那还用说,简直无法用语言来形容了。"

"那好吧,我就买下它!"贵夫人说。

贵夫人付了钱,直接穿着新裙子走出了服装店。

大街上好多人指指点点地嘲笑她。贵夫人心想:他们一定是看我穿得漂亮在赞美我呢!

不一会儿，有一些人看了她后皱起眉头不住地摇头，贵夫人又想：他们一定是看我穿得漂亮在妒忌我呢！

贵夫人走在路上别提有多神气了，因为她觉得自己是人群中最美丽、最动人的女人。

小哲理

肆无忌惮的吹捧注注会使那些爱慕虚荣的人头脑发昏，进而过度地自我膨胀。

老 树 求 水

　　森林的边缘长着一棵三百多岁的老槐树,他枝繁叶茂,绿叶成荫,有数不清的鸟儿在他的身上搭窝建巢。时光流逝,慢慢地,浅一些的地下水干涸了,老槐树因为年老力衰,根部无法探到更深的地下水了。

　　几个星期后,老槐树的枝叶渐渐枯萎了。在他身上建巢的鸟儿们都纷纷离开他了,搬到年轻而茂盛的树

上去了。老槐树叹了口气，对在他身上住得时间最久的一只杜鹃说："我们在一起这么久了，你帮帮我吧，只要你能飞到小河边帮我打来些清水，我就可以存活。"

杜鹃说："谁会在一棵快死的老树身上花费力气呢？我还忙着搬家呢。"

老树又对一只摘取自己叶子最多的麻雀说："请帮我打些清水来吧，我快要渴死了。"

麻雀没理他，带着自己的一群孩子飞到旁边一棵茂盛的柏树上了。

老槐树绝望了，他沉重地喘着气，看着自己的树叶一片片地枯萎落下，无望地叫着："水，水……"

一只曾在老槐树身上歇过脚的小百灵由于极度疲倦，停在了老槐树身上，他不忍看到老槐树痛苦的样子，便强打起精神，向河边飞去。在

河边，小百灵用喙含了满满一口水，急忙向回飞，但他实在是太累了，身体一个劲儿地往下掉，当他用尽身上最后一点儿力气，倒在老槐树脚边时，他吐出了那口珍贵的河水，死在了老槐树的脚边。就在这一瞬间，这滴水滋润了老槐树的根须，根又长长了一厘米，探到了更深的地下水，老槐树活下来了！

　　几周后，得以存活老槐树长得比从前更加健壮繁

茂。离开的杜鹃和麻雀又想搬回来，老槐树拒绝了他们，他抖动枝条，让最美丽的槐花落下，掩盖了小百灵的尸体……

小哲理

患难见真情。只有在最困难的时候站在你身边的人，才是你真正的朋友。

我到哪儿去了

朝廷命令官府的一个差役押解一个犯罪的和尚到边疆去充军。犯罪的和尚心里盘算着一定要寻找机会逃跑。

他俩一路谈笑，差役渐渐对和尚放松了警惕。眼看天快黑了，他俩来到一个客栈投宿。差役身上带的银子不多，和尚见机会来了，就给差役使了个眼色，告诉他自己的内衣口袋里还藏着一些银子。差役一时高兴，就用这些银子买了些酒菜，又把和尚松绑，两人对饮起来。不久，和尚就把差役灌得烂醉如泥。他趁差役不省人事，找来一把剃头刀，把差役的头发剃光，然后把自己的衣服脱下

来给差役穿上,而自己却穿着差役的衣服逃跑了。

　　差役酒醒后,发现和尚不见了,于是四处寻找,结果连个人影都没见到。差役心里甭提多着急了,他深知罪犯中途逃跑的后果很严重,弄不好自己的脑袋是要搬家的。他越想越怕,急得像热锅上的蚂蚁。

　　正在他不知如何是好时,他突然从一面大镜子里看到了自己的光头和一

身和尚服，他拍了拍脑袋，恍然大悟道："谢天谢地，原来和尚在这里！"可是他马上又犯愁了，"不对呀，和尚在这儿，那我到哪儿去了？"

小哲理

这个小故事看似荒谬，实际上却说出了一个很深的哲理：做人首先得认识自己，看清自己。那些连自己是谁都不知道的人还谈何理想，谈何抱负呢？

燕子和水牛

　　一个盛夏的早晨，一头水牛在河边的一棵大树下歇息乘凉。这时，从远处飞来一只燕子，她热情地跟水牛打过招呼后，便停在了那棵树上。

　　"你这么远飞过来就是为了喝大河里的水吗？随便一滴水不就够你喝了吗？"水牛抬起头对树上的燕子说。

　　燕子笑了笑，说："你可不能这样想，我喝的水可比你喝的还要多。"

　　水牛哈哈大笑道："怎么可能呢？"

　　"那我们就来比试比试吧！"燕

子说。

　　燕子知道马上就
要涨潮了，于是让水牛
先喝水。水牛伏在河边，
张开大嘴，用力去喝河
里的水，可是任凭他怎样
努力，河水都没少，反而
多了起来。水牛肚子鼓鼓的，实在喝不下了。

　　燕子见潮水要退，看准时机，马上把嘴伸进了水中。

　　水牛看着渐渐变少的河水惊叹道："真没想到，你
小小的身体竟这么能喝水，看来我的确是不如你啊！"

小哲理

　　小朋友，在日常生活中，我们应该学会观察事物，并掌握其发
展规律，这样才能事半功倍，取得成功。

驴 和 骡 子

一个商人赶着一头驴和一头骡子进城运送货物。

商人让驴和骡子分别驮了两袋货物走在前面,自己手中握着长鞭跟在后面。如果他俩有谁走得稍微慢些,商人就会抡起鞭子抽打。

和骡子相比,驴的身体不但小,而且非常瘦弱,但是这个商人一点儿也不可怜驴,让驴驮得货物不比骡子少。走在平路上,驴还能勉强跟得上,可是当他们走山路时,驴就有些招架不住了。刚刚翻过一座小山,驴

便累得上气不接下气，四条腿又酸又软，都快站不住了。

当驴实在坚持不了的时候，就对骡子说："骡子大哥，老弟求求你了，我真的有些吃不消了，能把我背上的货物放到你背上一些吗？你身强体壮，再多驮一些货物也能行，可是我再这样下去，就会被累死啊。"

骡子听了驴的话，连理都没理他，只顾走自己的路。

驴见骡子不理自己，只好硬撑着向前走去。刚走了一会儿，驴就支撑不住自己的身体，累得从山上滚了下去，摔死了。商人见驴摔死了，只好把那头死驴和所有的货物都放在骡子的背上。

商人拍拍骡子的

头说："既然驴已经死了，这些货物就只能让你自己来驮，辛苦你了。"

听完主人的话，骡子后悔极了，他自言自语地说："如果在驴请求我减轻他的负担的时候，我帮助了他，那么现在我就不会受这么多苦，既要驮着所有的货物，又要驮着驴。"

小哲理

帮助他人就是间接地帮助自己。如果在朋友遇到困难时袖手旁观，那么当你遇到困难时，也会落得同样的下场。

耍小聪明的马

有两匹马一前一后分别拉着一辆大车。前面的那匹马忠厚老实，任劳任怨，拉起车来非常卖力；后面的那匹马油头滑脑，左顾右盼，拉起车来不认真，总是走走停停。主人认为后面的那匹马力气小，于是把他车上的货物挪到了前面的那辆马车上。前面的那匹马仍不声不响地拉着车，而后面的马却暗地里偷着乐："不知疲倦的傻瓜，你就不停地干下去吧，你再努力主人也不会可怜你！"

两辆马车终于

到达了目的地，主人拍了拍忠厚老实的马说："辛苦你了，一会儿好好犒劳犒劳你！"

接着，主人又转向另一匹马说："既然你的同伴能拉全部的货物，那么我就没有必要养两匹马了。"

于是，那匹油头滑脑的马被送到了屠宰场。

小哲理

小朋友，耍小聪明虽然可以得到一些小的利益，但是你最终会为此付出沉重的代价。你觉得呢？

山羊和驴子

有一个人饲养了一只山羊和一头驴子。驴子总是干一些繁重的体力活,所以主人为了驴子能够保持体力,总是给他充足的饲料,这让一旁的山羊很是嫉妒。

一天,驴子刚刚拉完货物,到棚子里去休息,山羊便凑过来,笑嘻嘻地说:"驴子大哥,你每天从早到晚不停地拉磨,而且还要驮沉重的货物,多辛苦啊!我看你如此劳累,心里很难受!如果我也会干活,我情愿帮

你去做。不过，我替你想到了一个好主意，保准你不会再受累了。"

驴子想想觉得自己的确是挺辛苦的，于是试探着问："那你倒说说，究竟有什么好办法？"

山羊诡异地笑了笑，说："你可以故意摔伤腿，这样主人不但不会再让你干活，而且还会给你更有营养的食物呢。"

驴子听从了山羊的建议，把自己的腿摔骨折了。

主人见驴子摔伤很着急，于是请来医生为他治疗。

医生看了看驴子的伤势，说道：

"若想使驴子的腿好得快,必须将山羊的心煮熟后给驴子吃才行。"

主人二话不说,马上杀掉了山羊为驴子治病。

小哲理

小朋友要知道,为私利而陷害他人的人是个不会有好下场的,正所谓"搬起石头砸自己的脚",这是自取灭亡。

一颗鹅卵石

一颗外表丑陋、通体乌黑的鹅卵石静静地躺在人行道上。它很寂寞，也很悲伤，因为它的同伴都嫌它长得丑陋而不愿理睬它。最让它难以忍受的是，有些过往的行人不小心踩到了它，还会愤愤地骂上一句："这讨厌的石子儿，把我的脚硌得生疼，踩到你我

可真倒霉！"

鹅卵石难过极了，它想：自己并没有做错什么呀，为什么别人都那么讨厌自己呢？难道就因为自己长得丑吗？

一天早晨，一个小学生路过这里，看见了这颗鹅卵石。他并没有像其他人那样讨厌、唾弃它，而是弯下腰把它捡起来放在手心玩弄起来。到了学校的大门口，这个小学生急于去上课，就把它扔到学校门外的石堆里了。

过了几天，来了十几名工人准备给学校铺甬道，他们用颜色鲜艳、形状各异的鹅卵石，巧妙地镶嵌成美丽

的图案,然后铺成了美丽的石花甬道。那颗不起眼的、
黑得像煤球似的鹅卵石被幸运地挑中,并镶嵌在美丽

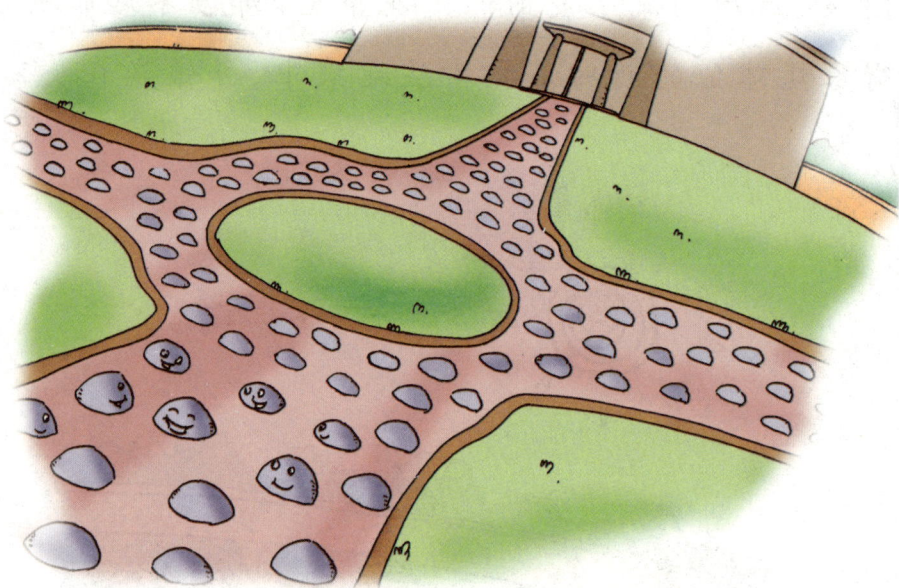

的图案中,它的伙伴们谁都不觉得它丑陋了,而且还非常愿意和它做朋友呢!

小哲理

不要因为自己天生的不足而感到自卑,因为世界是公平的,只是你还没有发现自己的闪光点,一旦你发现并找到了适合自己的位置,你将会是令人刮目相看的优秀人才。正所谓"天生我材必有用"。小朋友,你觉得呢?

金狮子与逃荒者

一个在异乡的逃荒者已经整整两天没有吃到一点儿东西了。身无分文的他只好把全部的希望寄托在天神身上。

他跪在地上，虔诚地向天神祈求道："伟大而善良的天神啊，请您赐给我财富吧！我即将饿死，我相信您是不会眼睁睁地看着我因饥饿而死去的！"

天神听见了他的请求，动了恻隐之心，于是在逃荒者经过的路旁放了一只很大的金狮子。

逃荒者看到了那只金狮子，简直不敢相信自己的眼睛。

"这难道真的是一只金狮子吗？我到底该怎么办呢？它会不会咬

人？我拿还是不拿呢？"逃荒者的心里矛盾极了，"如果我真的拿了，狮子咬我该怎么办呢？这么幸运的事怎么会降临到我的头上呢？"

　　逃荒者在拿与不拿之间做着剧烈的心理斗争，最后他决定去请教一下牧师。于是，他匆匆地向教堂走去。

　　可是，就在他走后不久，一个商人从这里路过，幸运地捡走了这只金狮子。

小哲理

　　小朋友们要切记：机不可失，时不再来。机遇一旦摆在你面前，你就一定要紧紧地把握住，因为好运是不会为任何人驻足等候的。

猴子下山

一只调皮的小猴子趁妈妈不注意偷偷溜下了山，他这儿瞧瞧，那儿看看，觉得山下的一切都是那么有趣儿。

小猴子蹦蹦跳跳地往前走，不知不觉来到了一片桃树林，他见树上结满了又红又大的桃子，馋得直流口水。小猴子见周围没人，便爬上一棵桃树，挑了一个最大的桃子摘了下来。

正当他张嘴准备吃桃时，又看见前面不远处有一片玉米地，小猴子对那儿又产生了兴趣。他走近一看，这里的玉米结得又大又饱满，他心想：这样新鲜的玉米一定很好吃，我干脆去

掰一个大玉米吧!

　　小猴子扔了桃子又去掰玉米。正当他满怀欣喜地抱着颗粒饱满的大玉米时,突然从草丛里钻出一只小兔,小猴子心想:我要是能捉到这只小兔,让他陪我一块儿玩耍该多好啊!他丢下了玉米又去捉小兔,小兔很快钻进草丛里不见了。

　　小猴子扔了桃子,丢了玉米,又跑了兔子,他只好两手空空地回家了。

小哲理

　　无论做什么事都要有始有终,不要半途而废。故事中的小猴子就是"这山望着那山高",结果一无所获,只好两手空空地回家了。

聪明的保姆

有一个贵夫人打算请一个保姆,她想试探一下刚来应聘的保姆是否符合自己的要求。于是,她想出了一个主意。

"你以前做过保姆吗?"贵夫人问。

"我没有做过,不过我相信自己一定会做得很好!"那个穿戴整齐干净的中年妇女说。

"那好吧,在录用你之前,我想让你为我做两种食

物。第一种是你认为最好吃的东西；第二种是你认为最难吃的东西。"贵夫人说。

中年妇女点了点头，走进了厨房。

不一会儿，餐桌上就摆好了一盘切成薄片的猪舌头。

贵夫人尝了尝，满意地点了点头说："噢，味道还不错。那么你现在就去做最难吃的东西吧！"

中年妇女没有作声，她转身回到厨房又端出一盘猪舌头。

贵夫人走上前，惊诧地看着她，问："你难道认为它也是最难吃的东西吗？"

中年妇女点了点头说："是的，夫人。我之

所以认为舌头是最好的东西，是因为它能表达人们的情感，说出充满真理的话。它能帮助人类成长和成功；能给我们勇气和信心；能让我们积极向上并拥有一颗正直、善良的心。"中年妇女停了停又继续说道："同时，我又认为舌头是最坏的东西。因为它能编织出害人的谎言，欺骗别人；它还能说出愤怒和沮丧的话语，让人听了伤心和绝望；还有，它还会搬弄是非，颠倒黑白，让一些善良的人蒙受不白之冤。"

贵夫人听了中年

妇女的解释，惊讶极了，心想：这么有思想、有头脑的保姆，我没有理由不去聘用她。于是，这个中年妇女顺利地通过了贵夫人的考验，被正式聘用为保姆，并得到很高的薪水。

小哲理

小朋友，这个故事告诉我们：语言是大自然赐于予类最珍贵的礼物，目的是让人类利用它，使世界变得更为团结、和睦，而不是用来作为伤害他人的工具。

团结的力量

　　一个农夫含辛茹苦地带着他的三个儿子生活。虽然他的儿子们都很能干，可是他的儿子们却非常不团结，经常因为一点琐事而吵得不可开交，这可愁坏了农夫。

　　这样的日子农夫实在过不下去了，怎样才能让儿子们团结起来呢？农夫煞费苦心，终于想出了一个好办法。

第二天，农夫从外面捡回了几根树枝，又用绳子把它们捆在一起。然后，他把三个儿子叫到身边说："你们试试看，谁能把这捆树枝折断？"

老大先接过树枝，用上全部的力气也没有折断。老二见大哥没有成功，于是一把夺过树枝说："我的力气比你大，还是看我的吧！"说着，老二也憋足了劲儿，把

　　吃奶的力气都使上了，也还没有折断树枝。老三见两个哥哥都没有折断，于是他想一显神威。他搓了搓手，又跺了跺脚，然后用上了九牛二虎之力，可是那捆树枝仍旧安然无恙。

　　农夫见哥儿仨都没能折断树枝，于是走上前去把绳子解开，递给三个儿子每人一根树枝，说："现在你们再试试，看能不能折断。"三个儿子没用多大力气，就把手中的树枝折断了。这时，农夫语重心长地对三个

儿子说："现在你们都知道了吧！树枝抱成团，凝聚力非常大，谁也折不断，但是一旦被分开，不费吹灰之力就可以把它们折断。你们三兄弟也是一样，团结起来，三颗心凝聚在一起，就有着不可战胜的力量，但你们若像现在这样因为闹矛盾而分开，就很容易被各个击破。你们要牢牢记住，团结就是力量啊！"

儿子们听了父亲的话都羞愧地低下了头，他们都暗自下定决心，以后无论发生什么事，他们都会团结在一起，齐心协力去面对生活。

小哲理

　　团结的力量是伟大的，势单力薄的个体一旦凝聚在一起，就会变成攻不可破的伟大力量。

小松鼠的快乐

一个阳光明媚的早晨，一只小松鼠在树枝间快乐地跳来跳去，一不小心，他从树枝上滑了下来，正好掉在一只正在树下睡觉的狼身上。

狼被激怒了，他猛地蹿了起来，一把抓住了小松鼠，瞪着眼睛吼道："该死的小东西，竟然敢打扰我休息，你不想活了？"说着，他就要吃掉小松鼠。

小松鼠吓得浑身发抖，恳求饶命："我真的不是故意的，求求你放了我吧！"

狼想了想，说："我放你可以，不过你得告诉我一件事，为什么你们松鼠每天都是快快乐乐地在树枝上玩啊，跳啊，那么开心，而我却整天感到烦闷忧愁，这到底是什么原因呢？"

小松鼠说："这个原

因很简单，不过你得先放了我，我才会告诉你。"

狼放了小松鼠，小松鼠迅速爬上树，对狼说："你烦闷忧愁是因为你秉性凶狠，时时刻刻算计着怎样伤害别人；我们快乐是因为我们天生善良，我们从不做任何坏事，心中所想的是如何把快乐传递给别人。"

小哲理

善良的人之所以生活得轻松、快乐，是因为他们没有任何私心和贪念，更不会处心积虑地算计别人。

虚荣的代价

一只居住在粮仓里的老鼠和一只居住在书库里的老鼠相遇了。他们相互寒暄之后，粮仓里的老鼠非常诚恳地说："你在书库里过得好吗？不如搬到我们粮仓里吧，我们那儿有吃不完的食物，日子过得可舒服啦！"

书库里的老鼠撇了撇嘴，摆出一副学者的架子说："开什么玩笑，我怎么会搬到你们那儿去呢？你们为了

填饱肚子,情愿住在干燥、阴冷的粮仓里,那里缺少知识、文化,可以想象你们的生活有多糟糕!"

粮仓里的老鼠"好心被当成了驴肝肺",他生气地说:"我倒想知道你们在书库里的生活是什么样的。"

书库里的老鼠傲气十足地说:"我们的精神生活可丰富了,古今中外,经史子集,我都看过。"

"这么说,你一定是位知识渊博的学者啦。"粮仓里的老鼠说。

"那当然,书本里的每字每句我都要细细嚼,慢慢咽。"书库里的老鼠说。

"那好吧!"粮仓里的老鼠顿了顿继续说,"我现在

正好有个问题想请教你。"说完，他从口袋里拿出两个瓶子说："我分不清哪一瓶是香油，哪一瓶是鼠药，你认得字，看看上面的标签，帮我分辨一下吧！"

书库里的老鼠哪里认得字啊！但他已经把大话说出去了，便硬着头皮，指着标有"鼠药"的瓶子说："这瓶是香油！"

粮仓里的老鼠把标有鼠药的瓶子递给他说："谢谢你的帮助，那我就把这瓶香油送给你喝吧！"

书库里的老鼠接过标有"鼠药"的瓶子，在对方的催促下无奈地将"香油"喝进了肚子里，不一会儿，他就四条腿一蹬，死了。

　　粮仓老鼠这才知道，原来书库老鼠喝的是鼠药，而自己手里拿着的才是真正的香油。

小哲理

　　不懂装懂的人其实是很可悲的，这些人往往被一些虚荣迷惑，到头来吃亏的只有他自己。

手套惹的祸

　　一只调皮的小猴子偷偷地跑下山去，独自到城里游玩。哇，城里真的好热闹啊！熙熙攘攘的人群中夹杂着小商小贩的吆喝声、叫卖声，路边的小摊摆着各式各样的饰品，琳琅满目，让人目不暇接。

　　小猴子东瞧瞧，西望望，突然他看见不远处一个卖手套的小摊围了好多人，于是他蹦蹦跳跳地凑了过去。噢，原来是手套大减价呀！只见那些五颜六色的手套甚是好看，戴在手上别提有多潇洒了。小猴子非常喜欢，就从怀里掏出钱买了一副手套。

　　小猴子戴上买来的新手套欢欢喜喜地回到了山林里，并向他的一群朋友炫耀说："看，我的手套漂亮吧！

它可是现在最流行、最时尚的真丝手套,戴它的人可不多啊!"

爱拍马屁的野鸭随声附和道:"呀,我还从来没有见过如此漂亮的手套呢,你戴上它显得更精神了!"

狐狸也笑嘻嘻地说:"我就说嘛,猴子兄弟是我们森林里最时尚、最赶潮流的了。这不,买副手套也这么有眼光,现在你可是我们森林里的焦点人物啦!"

小猴子听了大家的奉承别提有多得意了,他的双眼眯成了一条缝,神气地说:"谢谢大家夸奖,以后我

碰到好事一定不会忘记你们的。"

这时，在旁边一直没有说话的山羊突然开口："你可不要得意忘形。依我看，你戴上它并不合适，手套是专供人类使用的，我们动物要是戴上它，我觉得有点儿不伦不类。"

猴子听了山羊的话，气得嚷嚷道："你懂什么啊！我看你是妒忌我了吧！"

山羊摇了摇头，不再理他了。

没过几天，猴子摔成重伤被送进了医院。原因是他戴着手套攀高爬树，没有抓住树枝，摔了下来。这回猴子终于明白了当初山羊对他说的话。

唉，都是手套惹的祸。

小哲理

看似好的东西并不一定适合自己，如果把不符合自身条件和标准的东西生搬硬套在自己的身上，那样不但起不到好的作用，反而会适得其反，甚至害了自己。

愚蠢的鹿

狮子生病了，他没有能力再去猎食，于是他对随从狐狸说："我现在很想吃鹿肉，可我的身体很虚弱，你还是用你的花言巧语把森林里最大的鹿骗到这里来吧！"

狐狸答应了狮子，朝森林走去。离得很远，狐狸就看见一只鹿在一棵树下吃草。狐狸走近他，装出很高兴的样子说："恭喜你呀，我是来向你报喜讯的，我的主

人狮子病得要死了,他正在考虑死后由谁来继承他的
王位。他说老虎狂妄自大,豹子凶暴残忍,野猪愚昧无
知,大象笨手笨脚。而你却不一样,你身材高大魁梧,
四肢健壮有力,鹿角坚韧挺拔,所以你最有资格继承
王位。"

鹿被狐狸的话搞得晕头转向,说:"我真的可以继
承王位?"

"那是当然,不过在狮子临终之前,你最好去见他
一面,或许他会对你托付些什么!"狐狸接着说。

鹿丝毫没有怀疑狐狸的话，于是跟着狐狸来到了狮子住的山洞里。

狮子一见到这么肥硕的鹿，就猛地向鹿扑去，一把撕下鹿的耳朵。鹿拼命挣扎，最终从狮子的爪下逃脱，跑回了森林里。狐狸苦口婆心把鹿骗来，却又让鹿逃掉了，于是他两手一摊表示没有办法了。

　　狮子饥饿难耐,命令狐狸再想想办法把鹿骗来。狐狸不敢得罪狮子,于是又去寻找刚才那只鹿。说来也巧,狐狸刚走近林子,就见那只掉耳朵的鹿正趴在树下休息。

　　狐狸走到鹿的面前,细声细语地说:"你的耳朵受伤了,我真为你感到遗憾!可那的确是个意外,狮子真的没有伤

害你的意思,他只是想靠近你的耳朵,向你说一些临终的话,谁料你挣扎,伤到了耳朵。"

"讨厌的坏家伙,你别想再骗我了,如果你再不离开,我就用我坚韧的角顶你!"鹿愤怒地说。

"别,别,朋友,别伤了和气!"狐狸继续说,"我跟随狮子多年了,我还不了解他吗?他是真的非常信任你,想让你继承他的王位呀!你可不要以小人之心度君子之腹啊!再说了,你怎么可以失去当大王的机会呢?"

　　鹿被狐狸的话说动了，于是再一次被骗到了狮子居住的洞里。可怜的鹿这次没有幸运地逃脱，而是变成狮子的美餐。正当狮子狼吞虎咽地吃鹿肉时，站在一旁的狐狸看见掉在地上的鹿心，于是偷偷地捡起来吃掉了。狮子吃完肉后开始寻找鹿心，狐狸远远

地站着说："你还是别找了,这只鹿是没有心的,他两次上当受骗,主动送死,怎么可能有心呢?"

小哲理

这只鹿的命运是可悲的。在我们的现实生活中,像鹿这样喜欢贪小便宜又不懂得思考的人应时刻记住:没有"天上掉馅饼"的事,只有自己努力和付出,才能得到应有的回报。

寒号鸟

有一只懒惰贪玩儿的寒号鸟生活在一片郁郁葱葱的大森林里。这里的动物可多了，他每天和这些朋友玩耍、游戏，日子过得非常快活。

转眼冬天一点点临近，其他的小动物为了抵御寒冬，都忙着建造可以栖身的暖巢，只有这只懒惰的寒号鸟还像平常一样只顾玩耍，一点儿也不为冬天作打算。

突然一天夜里，空中纷纷扬扬地飘起了大雪，气温一下降低了好多，这只寒号鸟只好躲进一个四处漏风

的破树洞里，冻得他浑身直打冷战。

"此时此刻，要是能有一个温暖的窝该多好啊！"他心想。

寒号鸟悲哀地鸣叫着："哆啰啰，哆啰啰，寒风冻死我，明天就垒窝。"

寒号鸟终于挨过了这一夜。第二天，雪停了，太阳早早就升上了天空，照在身上暖洋洋的。这只寒号鸟睁开双眼，来到了树枝上，懒懒地晒着太阳。他把昨夜的寒冷忘得一干二净，垒窝的计划更是抛到了九霄云外。

天很快黑了下来，温度

又降到了零下二十几度，呼啸的北风毫不留情地袭击着这片森林。

寒号鸟又躲进了破树洞。他身体蜷成一团，脚也被冻得麻木了，耳边听到的只有呼呼的风声。

"此时此刻，要是能有一个温暖的窝该多好啊！"他心想。

小鸟再一次哀鸣着："哆啰啰，哆啰啰，寒风冻死

我，明天就垒窝。"

就这样，寒号鸟又幸运地挨过了一夜。第二天，风停了，太阳又像一位慈祥的母亲温暖着世间万物。那只寒号鸟呢，又尽情地享受着太阳妈妈的爱抚。他又把垒窝的计划抛在了脑后。

太阳刚刚下山，空中又飘起了鹅毛大雪，不一会儿，北风也来助阵了。寒号鸟一看情况不妙，又急急忙

忙躲进了那个破树洞。

呼啸的北风夹杂着大片的雪花,肆无忌惮地横扫着整片森林,它们似乎要把整个世界吞噬。

雪毫不留情地冲进了树洞里,寒号鸟把头紧紧地缩了回去,用身体仅剩的一点儿余温来温暖那即将昏迷的小脑袋。

他即使已被冻得神志不清,也仍然没有忘记幻想:要是此时能有一个温暖的窝该多好啊!

他鸟用小得几乎听不见的声音又一次哀鸣："哆啰啰，哆啰啰，寒风冻死我，明天就垒窝。"

雪越下越大，风越刮越猛，气温降到了入冬以来

的最低值。这只可怜的寒号鸟终于没能抵抗过这个夜晚，他的头仍然深深地埋藏在身体里，再也没有舒展开。

第二年春天，小动物们纷纷从自己的暖巢里出来，可是却没有看见那只寒号鸟，小动物们得知他被冻死的消息后都非常伤心。他们为了纪念这位朋友，就给他取名"寒号鸟"。

小哲理

只会用嘴说而不付诸行动等于白说，这也正是懒惰的表现。故事中的寒号鸟是不是很可悲呢？小朋友可千万不要学它哦！

小乌龟的理想

池塘里有几只乌龟。有一天,天气很好,他们全都爬上岸来,聚在一起,谈论起各自的理想。

其中一只乌龟回头瞟了一眼自己的龟壳说:"我的理想是变成一条美丽的小金鱼,让池塘里所有的朋友都为我的美丽而倾倒。"

"唉,你也太没有雄心壮志了,我要做统治整个池塘的大王,让别人见了我都毕恭毕敬,心甘情愿地对我俯首称臣。"第二只乌龟扬扬得意地说。

乌龟们滔滔不绝地谈论着自己的理想,仿佛自己此时已变成美丽的金鱼、威

武的大王了。只有躲
在角落里的那只最
小的乌龟一言不发。
大家奇怪地问他：
"喂，小乌龟，难道
你就没有什么理想
吗？"

　　小乌龟缩了缩
脖子说："我没有你们那样伟大的理想，我只希望自己
能够成为一只不给先辈丢脸的乌龟。"

小哲理

　　只有基于实际的理想，才可能成为现实。小朋友，请不要
好高骛远，做一些切实可行的事吧！

狼 的 影 子

在一个夜幕将至的黄昏,一只饥饿的狼徘徊在山脚下,落日的余晖使他的影子变得很大。

狼看着自己的影子,不禁惊叹道:"哇,这就是我吗?以前怎么没有认识到自己如此强大呢?现在我没有理由再害怕什么老虎、狮子了,我的身体不知比他们大多少倍呢!"

说着,他走向林子深处,决定碰碰运气,说不定会

碰上一只肥美的老虎,好让自己美餐一
顿呢。

　　说来也巧,就在这
时,从一棵树后面蹿
出一只老虎,只见老
虎双目圆睁,张开血
盆大口准备向狼扑
过来。狼并没有像往日那样退缩或逃窜,而是镇定地开
口说:"虎兄,看来我今天的运气果然不错,我现在的
肚子正'咕咕咕'地叫着呢,你就主动送上门了。"

老虎先是一惊，然后哈哈大笑道："你是吃错了药，还是在说梦话？现在说不定是谁主动送上门呢！"老虎说着便向狼扑去。

狼临死才真正地明白，原来自己所谓的强壮，只是在特殊环境里的一种假象，是狂妄自大害了自己啊！

小哲理

在特殊的环境中，往往会产生一些假象，我们千万不要被假象蒙蔽，从而错误地高估自己或低估别人，到最后吃亏的还是自己。

借本领

从前,有两个兄弟都是木匠,两人都以卖家具为生。

哥哥心灵手巧,而且勤快能干,做出来的家具既美观大方,又结实牢固,因此他的生意做得非常红火,每天到他店里的顾客络绎不绝。而弟弟呢,懒惰成性,处处依赖别人,他做出来的家具外观低俗粗陋,结构也不坚固,因此他的生意冷冷清清,店里积压了好多家具都

卖不出去。

眼看着哥哥的腰包变得越来越鼓，而自己的口袋仍旧是瘪塌塌的，弟弟的心里很不是滋味，他下定决心要把哥哥的本领弄到手。

一天，弟弟来到哥哥的家具店，吞吞吐吐地说："哥哥，我的家具一直做不好，我想借你的……"

"你想借我的刨锯吗？"哥哥从架子上取下一把锋

利的刨锯递给弟弟，"没有一把好的刨锯的确做不出好家具，这个你就拿去用吧！"

"不……我是想借你的……"

"噢，你是想借我的木材？"哥哥又指了指堆在地上的木材，"要想做一套好的家具，木材实在是太重要了，这些是我刚进的上等木材，你拿去用吧！"

"不……我是想借你的……"

"你到底要借什么就赶快说吧!"哥哥看弟弟吞吞吐吐的样子着急地说。

"我想借……借你的本领。"弟弟涨红了脸,憋了半天终于说出了口。

哥哥听了先是一愣,然后哈哈大笑道:"刨锯、木材都可以借给你,可是本领怎么借啊?它只能靠你自己去虚心努力地学习,那样学到

的本领才是你自己的真本领，如果你想学习，我可以教你啊！"

弟弟听了哥哥的话羞愧地低下了头，他暗暗下定决心，认真地向哥哥学习，做一个手艺精湛的木匠。

小哲理

小朋友，只有靠自己勤奋刻苦地学习，才能把真正的本领学到手，若想不劳而获地去借本领，那简直是异想天开。

朋 友

有两个很要好的朋友在沙漠中结伴而行。一天，他们俩为了一件小事而争吵起来，并且越吵越凶，其中脾气暴躁的人竟然动手打了对方。

被打的人心里很难过，于是一个人走到帐篷外，在沙子上写下：今天我的好朋友打了我。

第二天，他俩继续往前走。突然，前面出现一片绿洲，他俩欣喜若狂，急忙跑过去饮水、洗澡。不料，这个被打的人不会游泳，差点儿淹死，幸亏他的朋友救了他。

这个人被救上来之后，拿了一把小刀在石头上刻下：今天我的好朋友救了我一命。

他的朋友看见了，好奇地问："为什么你要把我打你的事记在沙子上，而把我救你的事刻在石头上呢？"

这个人叹了口气说："被朋友无意地伤害，随着时间的流逝，我会忘记；但是如果得到了朋友的恩惠和帮助，无论岁月如何变迁，都无法从我心中抹去。"

小哲理

做人应该学会宽容和感恩。快忘记那些无心的伤害，用一颗真诚的心去铭记那些真正帮助过你的朋友吧！

小壁虎借尾巴

一只小壁虎正在墙壁上捉蚊子，突然一条蛇迅速地向他袭来，并咬断了他的小尾巴。多亏小壁虎逃得快，才不至于被蛇整个吞下。

小壁虎丢了尾巴多痛苦啊！他爬呀爬，爬到了一个墙脚偷偷地哭了起来。

"没有尾巴多难看呀！以后见了小伙伴，他们都会笑话我的！"小壁虎越想越伤心。就在他快要绝望的时

候，他突然想出了一个好主意。

"对，就去借尾巴！那些好心的朋友见我这么可怜，一定会借给我的！"小壁虎打定主意就出发了。

小壁虎来到了池塘边，见金鱼正自由自在地在水中游来游去，他连忙走过去打招呼说："金鱼姐姐，您的尾巴真漂亮！您能把它借我用一用吗？我的尾巴刚刚被一条可恶的蛇咬断了。"

金鱼游过来笑着对小壁虎说："真对不起，我不能借给你，因为我在水中游来游去，全靠尾巴来帮忙呢。

你还是向别人借吧!"

小壁虎很失望,他正要离开池塘,正巧看见了空中飞行的燕子,于是他有礼貌地打招呼说:"燕子阿姨,您的尾巴真漂亮,您能把它借我用一用吗?我的尾巴刚刚被一条可恶的蛇咬断了。"

燕子低飞下来,抱歉地说:"小壁虎,我很同情你的遭遇,可是我不能把尾巴借给你,因为它还得在我飞行的时候为我掌握方向呢!你还是向别人借吧!"

小壁虎爬呀爬,爬到了一片绿草地。他抬头一看,

那里正好有一头老黄牛在低头吃草。他连忙爬过去有礼貌地说："黄牛伯伯，您的尾巴真长呀！您能把它借我用一用吗？我的尾巴刚刚被一条可

恶的蛇咬断了。"

　　黄牛抬头看了看他,说道:"小壁虎,我的尾巴这么长,放在你的身上也不合适呀!再说,我还得用它来驱赶蚊蝇呢!"

　　小壁虎失望极了,他见朋友们都不借给他尾巴,只好垂头丧气地回家找妈妈。

　　刚一见到妈妈,小壁虎便呜呜地哭了,他把怎样失去尾巴,又怎样去向朋友借尾巴的经过仔仔细细地跟妈妈讲了一遍。壁虎妈妈笑着对小壁虎说:"傻

孩子，尾巴怎么可以向别人借呢？你回头看看，你的身后长出什么了？"

小壁虎回头，见身后又长出了一条新尾巴。

小壁虎高兴地跳起来大声叫道："太好啦！太好啦！我又长出新尾巴啦！"

小哲理

小壁虎连自己的自身特点都不了解，害得它到处去借尾巴，而且还碰了一鼻子灰。小朋友，你是否了解你自己呢？只有全面地认识自己的优缺点，在遇到问题时才不至于盲目和慌张。

牧师的智慧

有一对夫妻由于一点儿小事而斗起嘴来,不料他们越吵越凶,差点儿动手。妻子一边哭,一边找牧师,准备和丈夫离婚。

"牧师,您帮我评评理吧!我的老公简直太过分了,

我要和他离婚……"这个女人怒气冲冲，她一见到牧师就没完没了地抱怨起来。

牧师说："你可以离婚，不过今天我有急事，准备外出，你明天再来找我吧！"

第二天，这个女人又来了，不过，显然没有昨天那么生气了。

"今天，你总该为我讨个说法了吧！我丈夫他……"

没等这个女人把话说完，牧师又摆了摆手说："我的事情还没有办完，你改天再过来吧！"

一连过去几天，这个女人都没有再来找牧师。一次偶然的机会，牧师遇到了这个女人，笑着问："现在你还要离婚吗？"

这个女人不好意思地低下头说："都怪我一时冲动，才说了那样的傻话。现在我心平气和地想想，我丈夫其实也没有我说的那么糟糕，他还是挺爱我的。要不是那天赶上你有急事，也许我们就真的离婚了，到那时，我还指不定怎么后悔呢！"

牧师点点头说："你能这样想就好了，其实我那天也没有什么急事，只是想给你足够的时间消气，因为我知道你那时正在气头上。"

这个女人感动地握住了牧师的手并连连道谢。

小哲理

小朋友，你要知道人与人相处，难免会产生一些矛盾和冲突，解决它的最好办法就是静下心来，以一颗平和的心去对待它。因为心平气和可以化解一切矛盾。

不同的命运

狮子正在津津有味地吃着他的早餐，食物是一只肥美的鹿。一只刚出生不久的小狗围着狮子团团转，小狗实在太饿了，于是胆怯地从狮子的利爪下偷偷撕下一片鹿肉。当然，这一切并没有逃过狮子的眼睛，但是狮子并没有动怒，而是用慈祥的目光看着小狗，因为他太小、太瘦弱了，换了谁都会怜悯他的。

躲在暗处的狐狸把刚才那幕看得清清楚楚，他暗自思忖：那一定是只善良、温和的狮子，我为何不趁机去碰碰运气呢？或许我会撕下一块儿更大的鹿肉！狐狸边想边把爪子伸向鹿肉。

但是狐狸并没有像小狗那样幸运，而是被狮子一把抓住。

狐狸不甘心地问狮子："为什么小狗能从你的利爪下撕一小片鹿肉，而我却不能呢？"

狮子吼了一声，说道："你以为你学小狗的样子，我就会同样恩典你？小狗年幼无知，而你却是一只成年的狐狸。这是你自己送上门的，别怪我不客气！"狮子说着便把狐狸撕成了碎片。

小哲理

在生活中，一些弱势群体注注会得到人们的同情，但那些不学无术、好吃懒做、只知道坐享其成的人休想得到人们的怜悯。

爱吹嘘的猫

有一只猫总是喜欢自吹自擂,认为自己无所不能,即使自己明明有过失,他也会百般掩饰,找一些所谓的"理由"为自己开脱。

这只猫捕捉老鼠的本领不高,常常让老鼠在自己的爪下溜掉。他为了挽回面子,就说:"我看老鼠太瘦弱,不如先放了他,等把他养胖了再吃也不迟嘛!"

猫到河边去捉鱼,不料鱼没捉到,反而被大鲤鱼的尾巴打肿了脸。猫强装笑颜为自己开脱道:"用鱼尾巴洗脸的感觉的确不错,不过他下手重了点儿。"

一次,猫不小心掉进了泥坑,浑身沾满了污泥。他怕同伴笑话他,于是连忙解释说:"我的身上最近长了一些讨厌的跳蚤,用这个办法实在

是太灵验了。"

不幸的一天来临了，这只猫和同伴在河边玩儿，不小心掉进了河里，同伴刚要救他，他却在水里挣扎着说："你们难道认为我不会游泳吗？不，你们错了，我只是太热，想在河里洗个凉水澡……"

他的话还没说完就沉入了河底。

小哲理

不敢面对和承认自身的错误和缺点，这是不健康的心态和愚蠢的行为。长此以往，最终只会毁了自己。

最重的奖赏

一只小鹿不小心在脚上扎了一枚钉子，钻心的疼痛让他无法忍受。他的同伴为他想了很多办法都没能拔掉那枚钉子。无奈，他的同伴决定找最有名气的仙鹤医生来帮忙。

经历很多周折，他们终于找到了仙鹤医生并诉说了小鹿的伤势。只见仙鹤医生用又尖又长的嘴夹住钉子，一使劲儿就把钉子拔了出来。小鹿和他的同伴非常感激他，为了表达谢意，他们送给仙鹤许多新鲜的鱼虾。

时隔不久，一头狮子也来找仙鹤求救。原来，狮子在吃动物肉时，不小心被一块儿骨头卡住了

最睿智的哲理故事
ZUI RUI ZHI DE ZHE LI GU SHI

喉咙。狮子唉声叹气地对仙鹤说："只要你能帮我把骨头弄出来，我一定会重重地奖赏你。"

仙鹤走到狮子面前，让他张大嘴巴，然后将自己又长又细的脖子伸进狮子的嘴里。眨眼工夫，那块儿卡在狮子喉咙里的骨头就被取了出来。

狮子感觉舒服多了，他扭了扭脖子，大吼一声便朝山下走去。仙鹤急忙追上去问："你怎么可以食言呢？你答应给我的奖赏呢？"

114

狮子听后，对仙鹤大吼道："你难道没有得到奖赏吗？你把头伸进我的嘴里，还能活着出来，这已经是奖励你一条性命了，难道还有比奖励性命更重的奖赏吗？"

小哲理

热心地帮助别人固然值得称赞，但也要分清被帮助对象的善与恶，对那些坏人进行帮助，实际上已经背离了行善的意义。

成功者的答案

一个年轻人在事业上遇到了巨大的挫折，于是他跑到一个成功者那里去讨教。

成功者得知年轻人的来意后，从冰箱里拿出三个大小不等的苹果对年轻人说："如果每个苹果代表一定程度的利益，你会如何取舍呢？"

年轻人毫不犹豫地拿起那个最大的苹果吃了起来。

而成功者却挑了一个最小的苹果。年轻人还在美滋滋地吃大苹果时，成功者已经吃完了最小的苹果。紧接着，成功者又得意地拿起剩下的那个苹果，大口吃了起来。

其实，成功者的两个苹果加起来要比年轻人挑选的那个最大的苹果大得多。也就是说，如果每个苹果代表一定程度的利益，那么成功者赢得的利益要比年轻人多得多。

年轻人终于明白成功者能够成功的奥秘。他红着脸非常感激地对成功者说："谢谢您给我上了一堂非常有意义的哲理课。我终于知道自己屡次失败的原因了，其实我真正欠缺的正是对于眼前的利益不懂得合理取舍。"

成功者听了年轻人的话，满意地点了点头。

小哲理

要想获得成功，就得先学会合理取舍。鼠目寸光的人是无法取得大的成就的，只有那些有远见的人，才能获得更大的成功。

掉进井里的驴子

一个农夫刚从集市上买回一头驴子。不料在回家的路上，驴子不小心掉进了一口枯井里，农夫想尽办法也没能救出驴子。无奈，农夫只好放弃救驴子的念头。

为了不使别的动物再掉进坑里，农夫决定把这口枯井填平。农夫找来一把铁锹，把枯井周边的土一锹一锹地填进了井里。

驴子立刻知道了情况的危急，于是便伤心地叫了起来。可是，它很快就安静了下来。农夫觉得好奇，便探头向井里望去，不料眼前的景象令他大吃一惊：只见驴子正在努力地抖掉背上的土，然后非常乖巧地站在土堆的上面。

农夫顿时来了精神，他加快动作，拼命地往枯井里铲土，很快驴子露出了地面，它终于得救了。

小哲理

在面对困难与挫折时，如果你不思进取，知难而退，那么它将成为掩埋你的"泥沙"；反之，如果你不气馁、不畏缩，敢于向困难挑战，那么它将是你成功路上的垫脚石。

钉 子

有一个坏脾气的男孩，他的父亲给了他一袋钉子，并且告诉他，每当他发脾气的时候就钉一根钉子在后院的围栏上。第一天，这个男孩钉下了37根钉子。慢慢地，他每天钉下的数量减少了，他发现控制自己的脾气要比钉下那些钉子容易。于是，有一天，这个男孩再也不会失去耐性，乱发脾气。他告诉父亲这件事情，父亲又说，现在开始每当他能控制自己脾气的时候，就拔出一根钉子。

一天天过去了，最后男孩告诉他的父亲，他终于把所有钉子给拔出来了。父亲握着他的手，来到后院说："你做得很好，我的

好孩子，但是看看这些围栏上的洞。这些围栏将永远不能恢复到从前的样子。你生气时候说的话就像这些钉子一样会留下疤痕。如果你拿刀子捅别人一刀，不管你说多少次对不起，那个伤口都将永远存在。话语的伤痛就像真实的伤痛一样令人无法承受。

小哲理

人与人之间常常会出现一些无法释怀的坚持，造成永远的伤害。小朋友，如果我们都能从自己做起，宽容地对待他人，相信你一定能收到许多意想不到的快乐。为别人开启一扇窗，也就是让自己看到更完整的天空。

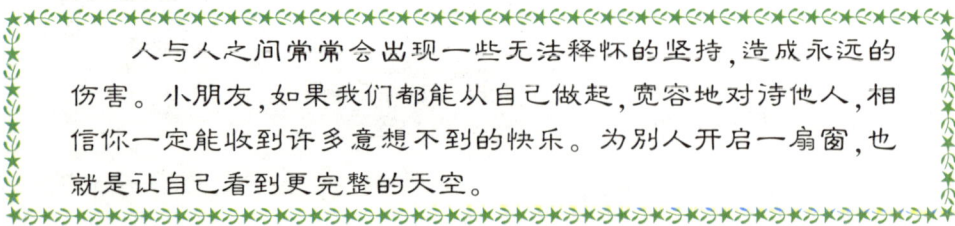

小刺猬的故事

在众多的小伙伴中，小猴顶顶最瞧不起的就是小刺猬了。他常对别人说："瞧瞧小刺猬，满身插着大针，又尖又小的脑袋，老是缩在肚子下面，一副胆小怕事的样子。"

有一天，小伙伴们在玩捉迷藏，小刺猬也想参加，小猴不高兴地说："去去去，你凑什么热闹？"

小鹿和小松鼠都为小刺猬求情道："让小刺猬来

吧,小猴!"

"哼,让他来,他能干什么?笨头笨脑的。"小猴嘀咕道。

这话太不公平了!小白兔跳出来打抱不平:"小刺猬并不笨,每天夜里他都能捉几只老鼠。"

"捉老鼠有什么了不起?"小猴提高了嗓门喊道,"他能像我跑得那样快吗?能像我一样爬上这棵树吗?"

大伙儿不吭声了。小刺猬那圆乎乎的身子动了动,悄悄地退到一边去了。

捉迷藏开始了。小白兔撒腿往草丛里跑,雪白的身

子被长长的草遮住了。忽然，小白兔惊惶地尖叫起来："蛇！蛇！"小伙伴们都从藏身的地方跑出来，问蛇在哪儿？不等小白兔回答，只听见一阵响声，那条蛇已经爬到他们跟前了，蛇的身体又粗又长，三角形脑袋，嘴里的毒芯不断伸出，还发出"唿唿"的声音，怪吓人的。

小猴大喊一声"快跑！"他第一个转身就跑。小白

兔、小松鼠和小鹿跟在后边。蛇拉直了身体,拼命朝前追。当蛇经过小刺猬跟前时,小刺猬一下子咬住了蛇的尾巴,然后把头缩进肚子底下。蛇把头抬得高高的,凶狠地摇了摇,想咬死小刺猬。小刺猬一点儿也不害怕,还是紧紧地咬住蛇尾巴不放。蛇盘成一团,想绞死小刺猬。小刺猬鼓足劲儿,弓起背,全身的尖刺都竖起来,在蛇的身上刺了无数个小洞,蛇挣扎几下,最后一动也不动了。

小伙伴们都回来了,看到小刺猬把凶恶的大毒蛇刺死了，七嘴八舌地夸奖起来：

"多亏你救了我们！"

"小刺猬不但能捉老鼠，还能斗毒蛇，真了不起！"

小猴红着脸，低着头说："小刺猬，你真勇敢，我以前小看你了，请原谅我吧！"

小哲理

小朋友，人不要一味地瞧不起别人的短处，也许我们自己身上也有许多别人嗤之以鼻的缺点。所以，你要试着去发现别人的闪光点，与别人友好相处。

国王与宰相的故事

国王与宰相在商议事情,适逢天下大雨,国王问:"宰相啊!你说下雨是好事还是坏事啊?"宰相说:"好事!陛下可微服私访。"又有一天,天下大旱,国王又问:"宰相啊!你说大旱是好事还是坏事啊?"宰相说:"好事!陛下可微服私访。"又有一天,国王吃水果时不小心切掉了小拇指,又问:"宰相啊!你说断指是好事还是坏事啊?"宰相说:"好事!"于是,国王大怒,将宰相关入地牢,自己独自去打猎了。不想国王误中土人陷阱被捉,好在因为不是全人(缺手指),免去被吃掉的厄运。死里逃生的国王回想起宰相的话,赶紧回宫将宰

相从地牢里放出来，又问宰相："我把你关在地牢里好不好啊？"宰相又答："好！好极了！要不是陛下将微臣关在地牢里，微臣恐怕就陪陛下打猎被捉，被土人吃掉了……"

小哲理

小朋友要切记：你要善于从积极的角度考虑问题，乐观地处世，就像那位宰相一样，看到的多是事物美好的一面。

田鼠与家鼠

田鼠与家鼠是好朋友,家鼠应田鼠之约,去乡下赴宴。他一边吃着大麦与谷子,一边对田鼠说:"朋友,你简直是过着蚂蚁一般的生活,我那里有很多好吃的东西,与我一起享受吧!"

田鼠跟随家鼠来到城里,家鼠给田鼠看豆子和谷子,还有红枣、干酪、蜂蜜、果子。田鼠看得目瞪口呆,大为惊讶,称赞不已,并悲叹自己的命运。他们正要吃,有人打开了门,胆小的家鼠一听声响,害怕得赶紧钻进了鼠洞。当家鼠再想拿干酪时,有人又进屋里拿什么东西。家鼠一见到有人,立刻又钻回了洞里。这

时，田鼠也顾不上饥饿，战战兢兢地对家鼠说："朋友，再见吧！你自己尽情地去吃，担惊受怕地享受这些好吃的东西吧。可怜的我还是去啃那些大麦和谷子，平平安安地去过你看不起的普通生活啦。"

小哲理

小朋友，你要知道，物质条件的丰富并不是生活的全部，就像家鼠一样有着充分的物质条件，却活得战战兢兢，也许不幸就在眼前。所以，很多时候，简单平稳的生活是一些人的向往所在。

勤快狗与懒惰猫

一户人家养了一只狗、一只猫。

狗是勤快的。每天，当主人家中无人时，狗便竖起两只耳朵，在主人家的周围巡视，哪怕有一丁点儿的动静，狗也要狂吠着疾奔过去，就像一名恪尽职守的警察，兢兢业业地为主人家做着看家护院的工作。每当主人家有人时，它的精神便稍稍放松了，有时还会伏地沉睡。于是，在主人家每一个人的眼里，这只狗都是懒惰

的、极不称职的,便经常不喂饱它,更别提奖赏它好吃的了。

　　猫是懒惰的。每当家中无人时,它便伏地大睡,哪怕三五成群的老鼠在主人家中肆虐,也不管不问。睡好了,它就到处散散步,活动活动身子骨。等主人家中有人时,它的精神也养好了,这儿瞅瞅,那儿望望,也像一名恪尽职守的警察,时不时地,它还去给主人舔舔脚、逗逗趣。在主人的眼中,这无疑是一只极勤快、极

恪尽职守的猫，好吃的自然给了它。由于猫不恪尽职守，主人家的老鼠越来越多。终于有一天，老鼠将主人家唯一值钱的家当咬坏了。主人震怒，他召集家人说："你们看看，我们家的猫这样勤快，老鼠都猖狂到了这种地步，我认为一个重要的原因就是那只懒狗，它整天睡觉也不帮猫捉几只耗子。我郑重宣布，将狗赶出家门，再养一只猫。大家意见如何？"家

人纷纷附和说，这只狗是够懒的，每天只知道睡觉，你看猫，每天多勤快，抓老鼠吃得多胖，都有些走不动了。是该将狗赶走，再养一只猫。于是，狗被无情地赶出了家门。自始至终，它都不明白主人赶它走的原因。它只看到，那只肥猫在它身后窃窃地、轻蔑地笑着。

小哲理

小朋友，在做事情时，吃苦耐劳是值得赞扬的，但有时候也要讲究方法，否则你的努力往往会轻易地被人否定，仔细留意一下生活，这样的故事还不少呢！

鹅卵石与钻石

一天晚上，一群游牧部落的牧民正准备安营扎寨休息的时候，忽然被一束耀眼的光芒笼罩。他们知道神就要出现了。因此，他们满怀殷切地期盼着，恭候着来自上苍的重要旨意。

最后，神终于说话了："你们要沿路多捡一些鹅卵石，把它们放在你们的马褡子里。明天晚上，你们会非常快乐，但也会非常懊悔。"说完，神就消失了。牧民感到非常失望，因为他们原本期盼神能够给他们带来无尽的财富和健康长寿，但没想到神却吩咐他们去做这件毫无意义的事。但是不管怎样，那毕竟是神的

旨意,他们虽然有些不满,但是仍旧各自拾了一些鹅卵石,放在他们的马褡子里。

就这样,他们又走了一天,当夜幕降临,他们开始安营扎寨时,他们忽然发现昨天放进马褡子里的每一颗鹅卵石竟然都变成了钻石。他们高兴极了,同时也懊悔极了,后悔没有捡更多的鹅卵石。

小哲理

小朋友,读了这篇故事你有什么感想?是不是替这些牧民感到惋惜?是啊,美好的事物往往会出现在不经意的瞬间,只看你能否把握得住。

红舞鞋的故事

　　这是一个流传甚广的故事：有一双非常漂亮、非常吸引人的红色舞鞋，女孩子把它穿在脚上，跳起舞来会感到更加轻盈、富有活力。因此，姑娘们见了这双红舞鞋，都眼睛发亮，兴奋得喘不过气来，谁都想穿上这双红舞鞋翩翩起舞一番。可是姑娘们都只是想想而已，没有谁敢真的把它穿在脚上去跳舞。因为这双红舞鞋

传说是一双具有魔力的鞋，一旦穿上它跳起舞来就会永无休止地跳下去，直到耗尽舞者的全部精力。但仍有一个擅长舞蹈的、年轻又可爱的姑娘实在抵挡不住这双红舞鞋的魅力，不听家人的劝告，悄悄地穿上红舞鞋跳起舞来。果然，她的舞姿更加轻盈，她的激情更加奔放，姑娘感到有挥之不尽的热情与活力。她穿着红舞鞋

跳过街头巷尾，跳过田野乡村，她跳得精神焕发、美丽动人，真是人见人爱、人见人美。姑娘自己也感到极大的满足和幸福，她不知疲倦地舞了又舞。

夜幕在不知不觉之中降临了，观看姑娘跳舞的人也都回家休息了。姑娘也开始感到疲倦了，她想停止跳舞，可是她无法停下脚步，因为红舞鞋还要跳下去。狂风暴雨袭来，姑娘想停下来躲风避雨，可是脚上的红舞鞋仍然在快速地带着她旋转，姑娘只得勉强地在风雨中跳下去。姑娘跳到了陌生的森林，她害怕起来，想回到温暖的家，可是红舞鞋还在不知疲倦地带着她往前跳，姑娘只得在黑暗中一边哭一边继续跳下去。最后，当太阳升起来的时候，人们发现姑娘安静地躺在一片青青的草地上，她的

双脚又红又肿,姑娘累晕了,她的脚上还穿着那双永不知疲倦的红舞鞋。

小哲理

小朋友,你是不是浪同情这个穿红舞鞋的姑娘呢? 其实,仔细想一下,生活中这种类似的事情有很多,人们注注只会顾及眼前的诱惑,从而迷失了前进的方向,你可千万不要学这位可怜的姑娘呀!

狗、公鸡和狐狸

狗与公鸡结交为朋友，他们一同赶路。到了晚上，公鸡一跃跳到树上，在树枝上栖息，狗就在下面的树洞里过夜。

黎明到来时，公鸡像往常一样啼叫起来。有只狐狸听见鸡叫，想要吃鸡肉，便跑到树下，恭敬地请鸡下来，并说："多么美的嗓音啊！太动听了，我真想拥抱你。快下来，让我们一起唱支小夜曲吧。"公鸡回答说："请你去叫醒树洞里的那个看门守夜的，他一开门，我就会下来。"狐狸立

刻去叫门，狗突然跳了起来，把狐狸咬住撕碎了。

小哲理

小朋友，在遇到困难时，要懂得临危不乱，巧妙而轻易地击败敌人。文中的公鸡不就为我们树立了良好的典范吗？

国王的七个女儿

国王有七个女儿,这七位美丽的公主是国王的骄傲。她们那一头乌黑亮丽的长发远近皆知,所以国王送给她们每人一百个漂亮的发夹。

有一天早上,大公主醒来,一如往常地用发夹整理她的秀发,却发现少了一个发夹,于是她偷偷地到二公主的房间里,拿走了一个发夹;二公主发现少了一个发

夹，便到三公主房里拿走一个发夹；三公主发现少了一个发夹，便偷偷地拿走四公主的一个发夹；四公主如法炮制拿走了五公主的发夹；五公主一样拿走六公主的发夹；六公主只好拿走七公主的发夹。

于是，七公主的发夹只剩下九十九个。隔天，邻国英俊的王子忽然来到皇宫，他对国王说："昨天我养的百灵鸟叼回了一个发夹，我想这一定是属于公主们的，而这也真是一种奇妙的缘分，不晓得是哪位公主丢了发夹？"其他公主听到这件事，都在心里说："是我丢的，是我丢的。"可是她们头上明明都完整地

别着一百个发夹，所以都很懊恼，却说不出。只有七公主走出来说："我丢了一个发夹。"话才说完，一头漂亮的长发因为少了一个发夹，全部披散了下来，王子不由得看呆了。

故事的结局，当然是王子与七公主从此一起过着幸福快乐的日子啦。

小哲理

一百个发夹，就像是完美圆满的人生，少了一个发夹，这个圆满就有了缺憾。但正因缺憾，未来就有了无限的转机、无限的可能性，这何尝不是一件值得高兴的事！小朋友，难道不是这样吗？

神父之死

在某个小村落，下了一场非常大的雨，洪水开始淹没全村，一位神父在教堂里祈祷，眼看洪水已经淹到他跪着的膝盖了。一个救生员驾着舢板来到教堂，跟神父说："神父，赶快上来吧！不然洪水会把你淹死的！"神父说："不！我深信上帝会来救我的，你先去救别人好了。" 过了不久，洪水已经淹过神父的胸口了，神父只好勉强站在祭坛上。这时，又有一个警察开着快艇过来，跟神父说："神父，快上来，不然你真的会被淹死的！"神父说："不，我要守住我的教堂，我相信上帝一定会来救我的。你还是先去救别人好了。"又过了一会，洪水已经把整个教堂淹没了，神父只好紧紧抓住教堂顶端的十字架。一架直升飞机缓缓地飞过来，飞行员丢下了绳梯之后，大叫："神父，快上来，这是最后的机会了，我们可不愿意见到你被洪水淹死！"神父还是意志坚定地说："不，我要守住我的教堂！上帝一定会来救我的。

你还是先去救别人好了。上帝会与我共在的！"洪水滚滚而来，固执的神父终于被淹死了……神父上了天堂，见到上帝后很生气的质问："主啊，我终生奉献自己，兢兢业业地侍奉您，为什么您不肯救我？"

上帝说："我怎么不肯救你？第一次，我派了舢板来救你，你不要，我以为你担心舢板危险；第二次，我又派一艘快艇去，你还是不要；第三次，我以国宾的礼仪待你，再派一架直升飞机去救你，结果你还是不愿意接受。所以，我以为你急着想要回到我的身边，可以好好陪我。"

小哲理

小朋友，其实生命中太多的障碍，皆是过度的固执与愚昧无知造成的。在别人伸出援手之际，别忘了，唯有我们自己也愿意伸出手来，人家才能帮得上忙！